위대한 작가가 되는 법

세계시인선

16

위대한 작가가 되는 법

찰스 부코스키

황소연 옮김

HOW TO BE A GREAT WRITER

Charles Bukowski

SELECTED POEMS 2
by Charles Bukowski

차례

위대한 작가가 되는 법 how to be a great writer   7

어쩔 수 없는 것 no help for that   17

야망 없이 살자는 야망 my non-ambitious ambition   21

종이 먹는 흰개미 termites of the page   27

캘리포니아, 프레즈노, 사서함 11946 (93776)   35
     p.o. box 11946, Fresno, Calif. 93776

부패 putrefaction   41

지옥을 달리다 drive through hell   47

어려운 시절 hard times   51

모두들 말이 너무 많다 everybody talks too much   59

훈련 practice   71

목사리를 차고 wearing the collar   75

유명한 시인을 만나다 I meet the famous poet   79

기회를 잡아요 seize the day   97

너무 익었어 over done   103

잊어버려 forget it   109

사창굴 whorehouse   111

침입 invasion   127

작품에 대하여: 보호막도 겉치장도 없는 자연스러움   147

how to be a great writer

you've got to fuck a great many women
beautiful women
and write a few decent love poems.

and don't worry about age
and/or freshly-arrived talents.

just drink more beer
more and more beer

and attend the racetrack at least once a
week

and win
if possible.

learning to win is hard —
any slob can be a good loser.

and don't forget your Brahms
and your Bach and your
beer.

위대한 작가가 되는 법

숱한 여자들과 잠자리를 한다
아름다운 여자들과.
그러고는 점잖은 사랑 시 몇 편을 쓴다.

나이 따위, 혜성처럼 나타나는 천재들 따위
신경 쓰지 않는다.

맥주나 더 마신다
점점 더 많이.

그리고 경마장을 들락거린다
적어도 일주일에 한 번.

그리고 딴다
가능하면.

따는 법은 배우기 어렵다
게으름뱅이라면 순순히 패배를 인정하기 마련이다.

당신의 브람스도 부디 잊지 마시라
당신의 바흐도
당신의 맥주도.

don't overexercise.

sleep until noon.

avoid credit cards
or paying for anything on
time.

remember that there isn't a piece of ass
in this world worth over $50
(in 1977).

and if you have the ability to love
love yourself first
but always be aware of the possibility of
total defeat
whether the reason for that defeat
seems right or wrong —

an early taste of death is not necessarily
a bad thing.

과도한 운동은 삼간다.

한낮까지 내처 잔다.

신용카드를 피하거나
뭐든 제때 지불하지
않는다.

명심하길, 50달러 이상(1977년 기준)
줘도 아깝지 않은 하룻밤 상대는
이 세상에 없다는걸.

그리고 사랑할 능력이 있거들랑
자신부터 사랑하되
지독한 실연의 가능성을
늘 염두에 둔다
실연의 이유가
납득이 되든 안 되든.

일찌감치 죽음을 맛보는 것도
꼭 나쁜 것은 아니다.

stay out of churches and bars and museums,
and like the spider be
patient —
time is everybody's cross,
plus
exile
defeat
treachery

all that dross.

stay with the beer.

beer is continuous blood.

a continuous lover.

get a large typewriter
and as the footsteps go up and down
outside your window

교회와 술집과 박물관을 멀리하고
거미처럼
인내한다
시간은
모두에게 십자가이자
유배
실패
기만

말짱 도루묵이니까.

맥주와 함께한다.

맥주는 한결같은 혈액이다.

한결같은 연인이다.

큼직한 타자기를 하나 마련한다.
그리고 창밖에
발걸음들이 오갈 때

hit that thing
hit it hard

make it a heavyweight fight

make it the bull when he first charges in

and remember the old dogs
who fought so well:
Hemingway, Céline, Dostoevsky, Hamsun.

if you think they didn't go crazy
in tiny rooms
just like you're doing now

without women

고놈을 친다
팡팡 친다

덩치들이 주먹질하듯

황소가 첫 공격을 감행하듯.

그리고 대단히 잘 싸웠던
노장들을 기억한다
헤밍웨이, 셀린,* 도스토예프스키, 함순.**

여자 없이
음식 없이
희망 없이

그들이 골방에 처박혀

---

* 루이-페르디낭 셀린(Louis-Ferdinand Céline, 1894~1961), 프랑스의
소설가. 고통과 절망 속에서 삶의 의미를 찾아 헤매는 인간을 격렬한 문체로
그린 『밤의 끝으로의 여행』(1932)으로 프랑스 문단의 주목을 받았다.
** 크누트 함순(Knut Hamsun, 1859~1952), 노르웨이의 소설가. 극도의
굶주림과 정신착란 속에서 방황하는 청년 작가를 그린 『굶주림』(1890)과
황야에 농장을 건설하는 농부의 고난과 기쁨을 묘사한 『땅의
혜택』(1917)으로 유명하다.

without food
without hope

then you're not ready.

drink more beer.
there's time.
and if there's not
that's all right
too.

딱 지금의 당신 꼴을 하고도
미치지 않았을 거라 생각한다면

당신은 준비가 덜 된 것이다.

맥주를 더 마신다.
시간은 있다.
없다고 해도
뭐
괜찮다.

no help for that

there is a place in the heart that
will never be filled

a space

and even during the
best moments
and
the greatest
times

we will know it

we will know it
more than
ever

there is a place in the heart that
will never be filled

and

어쩔 수 없는 것

가슴속 한 켠에 난
결코 채워지지 않는 자리

공간

심지어
최고의
순간에도
태평한
시절에도

깨닫게 되는 그것

그 어느 때보다
더 절절히
깨닫게 되는 그것

가슴속 한 켠에는
결코 채워지지 않는 자리가 있다

그래서

we will wait

and

wait

in that

space.

우리는 기다리고
또
기다린다

그
공간에서.

my non-ambitious ambition

my father had little sayings which he mostly shared
during dinner sessions; food made him think of
survival:
"succeed or suck eggs…"
"the early bird gets the worm…"
"early to bed and early to rise makes a man (etc.)…"
"anybody who wants to can make it in America…"
"God takes care of those who (etc.)…"

I had no particular idea who he was talking
to, and personally I thought him a
crazed and stupid brute
but my mother *always* interspersed these
sessions with: "Henry, *listen* to your
father."

at that age I didn't have any other
choice
but as the food went down with the
sayings
the appetite and the digestion went
along with them.

야망 없이 살자는 야망

아버지는 저녁을 먹다가 자꾸 소소한 격언을
늘어놓았다. 아버지가 음식 앞에서 떠올리는 건
생존이었다.
"성공하지 못하면 달걀 껍데기를 핥게 된다……"
"일찍 일어나는 새가 벌레를 잡는다……"
"일찍 자고 일찍 일어나는 사람은 (어쩌고저쩌고)……"
"미국에서는 하고자 하면 누구나 성공한다……"
"하늘이 돕는 자는 (어쩌고저쩌고)……"

대체 누구한테 말하는 걸까
나는 늘 아리송했고
아버지를 정신 나간 머저리라고 생각했지만
어머니는 **항상** 그 설교 시간에
추임새를 넣었다. "헨리,
아버지 말씀 새겨듣거라."

그 나이의 내겐
선택의 여지가 없었고
음식이 설교와 함께
배 속으로 내려갈 때면
식욕은 가시고
속은 더부룩했다.

it seemed to me that I had never met

another person on earth

as discouraging to my happiness

as my father.

and it appeared that I had

the same effect upon

him.

"You are a *bum*," he told me, " and you'll

always be a *bum!*"

and I thought, if being a bum is to be the

opposite of what this son-of-a-bitch

is, then that's what I'm going to

be.

and it's too bad he's been dead

so long

for now he can't see

how beautifully I've succeeded

내 생각엔
아버지만큼
내 행복에 초를 치는 사람은
세상에 둘도 없었다.

그런데 보아하니 나 역시
아버지에게 똑같은
존재인 듯싶었다.

"게을러터진 녀석." 아버지는 내게 말했다.
"평생 게으름뱅이로 살 녀석!"

그러자 이런 생각이 들었다, 게으름뱅이로 산다는 게
이 개새끼와 정반대로 사는 거라면,
앞으로 꼭 그렇게
살아야겠구나.

아버지가 오래선에
죽는 바람에
내가 그것만큼은
성공했다는 걸

at

that.

못 보여 주는 게
안타까울 따름.

termites of the page

the problem that I've found with
most poets that I have known is that
they've never had an 8 hour job
and there is nothing
that will put a person
more in touch
with the realities
than
an 8 hour job.

most of these poets
that I have known
have
seemingly existed on
air alone
but
it hasn't been truly
so:
behind them has been
a family member
usually a wife or mother
supporting these

종이 먹는 흰개미

내가 아는 시인들은 대부분
한 가지 문제를 안고 있다.
단 한 번도 직장을 다니며
하루 여덟 시간의 노동을
한 적이 없다는 것.
여덟 시간의 노동보다
더
현실과 소통하는 길은
없는데도.

내가 아는
이 시인들은 대부분
공기만
먹고
살아온 듯
보이지만
그게 알고 보면
그렇지가 않다.
이제껏
그들의 뒤에는
가족이
버티고 있었고

souls

and

so it's no wonder

they have written so

poorly:

they have been protected

against the actualities

from the

beginning

and they

understand nothing

but the ends of their

fingernails

and

their delicate

hairlines

and

their lymph

nodes.

their words are

unlived, unfurnished, un-

대개는 아내나 어머니가
이 영혼들을
뒷바라지해 왔기에
그들의 글이
그리 엉망인 것도
놀랄 일은 아니다.
애초에
실체로부터 동떨어져
보호되어 왔으니
무얼 알겠나
오로지
자기
손톱 끝
그리고
자신의 섬세한
앞머리 선
그리고
자기 림프샘
밖에.

그들의 글에는
삶도 없고, 알맹이도 없고,

true, and worse —— so
fashionably
dull.

soft and safe
they gather together to
plot, hate,
gossip, most of these
American poets
pushing and hustling their
talents
playing at
greatness.

poet (?):
that word needs re-
defining.

when I hear that
word
I get a rising in the
gut

진실도 없다. 무엇보다 아주
따분하다
유행에는 맞지만.

아늑하고 안전한 소굴에
지들끼리 모여
모의하고, 미워하고,
씹어 대는 게
대부분의 이 미국 시인들,
자기 재능을
뽐내고 내세워
위인을
가장한다.

시인(?)
그 말은 다시
정의되어야 한다.

그 말만
들으면
나는
속이 뒤집어져서

as if I were about to
puke.

let them have the
stage
so long
as I need not be
in the
audience.

금방이라도
게워 낼 것 같다.

그 무대에서
지들끼리
오래오래
해 먹으라고 해
난 방청객은
사양할 테니.

p.o. box 11946, Fresno, Calif. 93776

drove in from the track after losing $50.

a hot day out there

they pack them in on a Saturday;

my feet hurt and I had pains in the neck

and about the shoulders ——

nerves: large crowds of people more than

unsettle me.

pulled into the driveway and got the

mail

moved up and parked it

went in and opened the IRS letter

form 525 (SC) (Rev. 9-83)

read it

and was informed that I owed

TWELVE THOUSAND SIXHUNDREDFOUR DOLLARS
     AND

SEVENTY EIGHT CENTS

on my 1981 income tax plus

TWO THOUSAND EIGHTHUNDREDEIGHTYTHREE
     DOLLARS

AND TWELVE CENTS interest

and that further interest was being

캘리포니아, 프레즈노, 사서함 11946 (93776)

경마장에서 50달러를 잃고 돌아온 날이었다.
뜨거운 날씨에
사람들이 꽉꽉 들어찬 토요일이었다.
발이 아팠고
엄청난 인파 때문에
신경을 곤두세운 터라
목과 어깨도 뻐근했다.
나는 진입로로 차를 몰아
우편물을 집고는
더 올라가 차를 세우고
집 안으로 들어가 국세청 편지를 열었다.
양식 525 (SC) (개정 9-83)
읽어 봤더니
내가 빚을 졌다는 내용이었다.
일만이천 하고도 육백사 달러
그리고
칠십팔 센트.
이것은 나의 1981년 소득세였고
이자는 이천팔백팔십삼
달러
십이 센트였다.
게다가 추가 이자가 복리로 붙고 있었다

compounded
DAILY.
I went into the kitchen and poured a
drink.
life in America was a curious
thing.
well, I *could* let the interest
build
that's what the government
did
but after a while they would
come for me
or whatever I had
left.
at least that $50 loss at the
track didn't look so
bad anymore.
I'd have to go tomorrow and
win $15,487.90 plus
daily compounded
interest.
I drank to that,

날마다.

나는 부엌으로 들어가서

한 잔 따랐다.

미국에서 산다는 건

얼마나 흥미로운 일인지.

아니, 내가 이자를

착착 쌓아 올릴 수 있다니.

이런 게 정부가 하는

일이긴 하지만

얼마 뒤엔 나를

혹은 내게 남은 것을

보러

찾아올 예정이었다.

그날 경마장에서 잃은

50달러가

푼돈처럼 보였다.

내일은 가서

15,487달러 90센트에다가

그날 붙은

이자까지

따야 할 판이었다.

나는 그것을 위해 건배했다.

wishing I had purchased a

Racing Form

on the way

out.

아까
나오는 길에
경마 신문이나
사오는 건데.

putrefaction

of late
I've had this thought
that this country
has gone backwards
4 or 5 decades
and that all the
social advancement
the good feeling of
person toward
person
has been washed
away
and replaced by the same
old
bigotries.

we have
more than ever
the selfish wants of power
the disregard for the
weak
the old

부패

요즘 들어
부쩍 드는 생각,
이놈의 나라가
사오십 년은
퇴보했구나
사회적 진보도
사람이
사람에게 갖는
호감도
모두 멀리멀리
쓸려 갔구나
그리고 진부하고
케케묵은
편협함이
자리 잡았구나.

우리는
어느 때보다
이기적인 권력욕에,
약하고
늙고
가난하고

the impoverished
the
helpless.

we are replacing want with
war
salvation with
slavery.

we have wasted the
gains
we have become
rapidly
less.

we have our Bomb
it is our fear
our damnation
and our
shame.

now

무기력한
사람들을 향한
멸시에 젖어 있다.

우리는
결핍을 전쟁으로
구원을 노예제로
대체하고 있다.

우리는
성취한 것을
낭비하고
빠르게
쪼그라들었다.

우리는 폭탄을 안고 있다
그것은 우리의 두려움
우리의 지옥살이
그리고 우리의
수치.

이제

something so sad

has hold of us

that

the breath

leaves

and we can't even

cry.

우리는
크나큰 슬픔의
손아귀 안에서
숨통이
막혀
울음조차
터뜨릴 수 없다.

drive through hell

the people are weary, unhappy and frustrated, the people are
bitter and vengeful, the people are deluded and fearful, the
people are angry and uninventive
and I drive among them on the freeway and they project
what is left of themselves in their manner of driving —
some more hateful, more thwarted than others —
some don't like to be passed, some attempt to keep others
from passing
— some attempt to block lane changes
— some hate cars of a newer, more expensive model
— others in these cars hate the older cars.

the freeway is a circus of cheap and petty emotions, it's
humanity on the move, most of them coming from some place
        they
hated and going to another they hate just as much or
more.
the freeways are a lesson in what we have become and
most of the crashes and deaths are the collision
of incomplete beings, of pitiful and demented
lives.

지옥을 달리다

피곤에 쩔고 불만과 좌절에 찬 사람들,
울분과 복수심에 사로잡힌 사람들, 기만당하고 겁먹은
사람들, 화는 나는데 용빼는 재주는 없는 사람들,
나는 그들에 둘러싸여 고속도로를 달리고
그들은 운전 매너에 민낯을 투사한다.
누구는 증오심이 더 크고, 누구는 좌절감이 더 크고
누구는 추월당하기 싫어하고
누구는 추월하려는 자를 막으려 한다
누구는 차선 변경을 방해하고
누구는 새 차, 더 비싼 모델을 혐오하고
이런 차에 탄 누구는 더 낡은 차를 혐오한다.

고속도로는 쩨쩨한 싸구려 감성의 서커스,
움직이는 인류.
대부분 싫어하는 곳을 떠나와서
못지않게 싫어하는 곳으로,
혹은 더 싫어하는 곳을 향해 달리는 중.
고속도로는 우리들의 현주소이고,
그곳의 사고와 죽음은 십중팔구
불완전한 존재들의, 정신 나간 한심한 인생들의
충돌이다.

when I drive the freeways I see the soul of humanity of
my city and it's ugly, ugly, ugly: the living have choked the
heart
away.

고속도로를 달릴 때면 나는 내 도시의 인류, 그 영혼을 본다.
추하고, 추하고, 추하다
심장을 쥐어짜 내버린
삶이란.

hard times

as I got out of my car down at the docks
two men started walking toward
me.
one looked old and mean and the other was
big and smiling.
they were both wearing
caps.
they kept walking toward me.
I got ready.

"something bothering you guys?"

"no," said the old
guy.
they both stopped.
"don't you remember us?"

"I'm not sure…"

"we painted your house."

"oh, yeah… come on, I'll buy you a

어려운 시절

부둣가
차에서 내렸을 때
남자 둘이 나를 향해 다가왔다.
한 남자는 늙고 야비해 보였고
다른 남자는 큰 덩치에 웃는 얼굴이었다.
둘 다
야구모자를 쓴 채
나를 향해 계속 걸어왔다.
나는 마음의 준비를 했다.

"형씨들, 뭐 불만 있소?"

"아뇨." 늙은 사내가
말했다.
둘 다 멈춰 섰다.
"우리 기억 안 나요?"

"글쎄요……"

"우리가 형씨 집을 칠했는데."

"아, 그랬군…… 갑시다,

beer…"

we walked toward a cafe.

"you were one of the nicest guys we ever
worked for…"

"yeah?"

"yeah, you kept bringing us beer…"

we sat at one of those rough tables
overlooking the harbor. we
sucked at our
beers.

"you still live with that young
woman?" asked the old
guy.

"yeah. how you guys doing?"

내가 맥주 한잔 사리다……"

우리는 카페를 향해 걸었다.

"형씨 집은 우리가 일한 곳 중에서
가장 친절한 집이었어요……"

"그래요?"

"그럼요, 우리한테 계속 맥주를 내줬잖아요……"

우리는 항구가 내려다보이는
거칠거칠한 탁자에 앉아서
각자 맥주를
빨았다.

"아직 같이 삽니까, 그 젊은
여자랑?" 노인이
물었다.

"예. 형씨들은 어찌 지내시오?"

"there's no work now…"

I took out a ten and handed it to the old
one.

"listen, I forgot to tip you guys…"

"thanks."

we sat with our beer.
The canneries had shut down.
Todd Shipyard had failed
and was
phasing them
out.
San Pedro was back in the
30's.

I finished my beer.

"요즘 일이 통 없어요……"

나는 십 달러를 꺼내 노인에게
건넸다.

"저기, 그때 깜빡한 팁……"

"고맙소."

우리는 맥주를 붙들고 앉아 있었다.
통조림 공장도 문을 닫고
토드 조선소*도 망한 뒤에
사람들은
점차
쫓겨났다.
산페드로**는 1930년대로
퇴보했다.

나는 맥주를 다 마셨다.

---

* 마지막 조선소.
** 미국 캘리포니아 남부 도시. 부코스키는 이 도시에서 말년을 보냈다.

"well, you guys, I gotta go."

"where ya gonna go?"

"gonna buy some fish…"

I walked off toward the fish market,
turned halfway there
gave them
thumb-up
right hand.

they both took their caps off and
waved them.
I laughed, turned, walked
off.

sometimes it's hard to know
what to
do.

"자, 형씨들, 그럼 난 이만."

"어디 가시게?"

"생선을 좀 사려고요……"

나는 수산 시장을 향해 걷다가
절반쯤 왔을 때 돌아서서
그들에게
오른손
엄지를 들어 보였다.

두 사람은 야구모자를 벗어서
흔들었다.
나는 웃음을 터뜨리고는 돌아서서
걸어갔다.

가끔 난감할 때가 있다
뭘 어찌해야
하는지.

everybody talks too much

when
the cop pulled me
over
I
handed him my
license.
he
went back
to radio in
the make
and model
of my car
and
get clearance on
my plates.

he wrote
the ticket
walked
up
handed it
to me

모두들 말이 너무 많다

경찰이
내 차를
불러 세웠을 때
나는
면허증을
그에게 건넸다.
그는
돌아가서
무전기로
내 차의
연도와 모델을
말하고는
문제가 없는지
내 번호를
확인했다.

그는 딱지를
끊고
걸어
와서
내게
서명하라고

to

sign.

I did

he gave

me

back the

license.

"how come

you

don't

say

anything?"

he asked.

I shrugged

my

shoulders.

"well, sir,"

he

그걸
건넸다.

나는 서명했고
그는
내게
면허증을
돌려주었다.

"왜
아무
말도
안
해요?"
그가 물었다.

나는
어깨를
으쓱거렸다.

"자, 선생,"
그가

said, "have

a

good day

and

drive

carefully."

I

noticed

some sweat

on his

brow

and the

hand

that held

the

ticket

seemed to

be

trembling

or

perhaps

말했다, "그럼
좋은
하루
보내시고
조심해서
운전하세요."

나는
그의
눈썹에
맺힌
땀방울을
보았다.
그리고
딱지를
쥔
그의 손이
떨리는
것
같았는데
혹시
그건

I

was only

imagining it?

anyhow

I

watched him

move

toward

his

bike

then I

pulled

away...

when confronted

with

dutiful

policemen

or

women

in rancor

나의
상상
이었을까?

어쨌든
나는
그가
그의
오토바이로
이동하는 걸
지켜보다가
차를
빼
떠났다……

근무 중인
경찰
혹은
악에 받친
여자를
상대할 때면
나는

I

have nothing

to

say

to them

for

if I

truly

began

it would

end

in

somebody's

death:

theirs or

mine

so

I

let them

have

그들에게
아무
할
말이
없다

왜냐하면
내 입이
진짜로
열리는 순간
누군가는
죽어야
끝이
날
테니까
그들이든
나든

그래서
나는
그들이
작은

their

little

victories

which

they need

far

more

than

I

do.

승리감을
맛보게
놔둔다
그것은
나보다
그들에게
훨씬
더
절실하니까.

practice

in that depression neighborhood I had two buddies
Eugene and Frank
and I had wild fist fights with each of
them
once or twice a week.
the fights lasted 3 or 4 hours and we came out
with
smashed noses, fattened lips, black eyes, sprained
wrists, bruised knuckles, purple
welts.

our parents said nothing, let us fight on and
on
watching disinterestedly and
finally going back to their newspapers
or their radios or their thwarted sex lives,
they only became angry if we tore or ruined our
clothing, and for that and only for that.

but Eugene and Frank and I
we had some good work-outs
we rumbled through the evenings, crashing through

훈련

그 암울한 동네에 살 때 내겐 절친이 둘 있었다.
유진과 프랭크.
나는 이 두 놈과 각각
일주일에 한두 번씩
거친 주먹다짐을 벌이곤 했다.
서너 시간의 주먹질이 끝나고
나타난 우리의 꼴이란
뭉개진 코, 부어터진 입술, 피멍 든 눈,
삔 손목, 멍든 손가락 관절, 퍼렇게
부은 살이었다.

부모님들은 아무 말없이 우리가 줄창 싸우게
놔두면서
무심히 지켜보다가
신문이나 라디오 혹은 시들해진 성생활로
돌아갔고,
우리가 옷을 찢거나 망가뜨릴 때에만,
그 경우에만 오로지 그 경우에만 화를 냈다.

하지만 유진과 프랭크와 나
우리는 꽤 신나게 몸을 풀었고
저녁 내내 개싸움을 벌였다.

hedges, fighting along the asphalt, over the

curbings and into strange front and backyards of

unknown homes, the dogs barking, the people screaming at

us.

we were

maniacal, we never quit until the call for supper

which none of us could afford to

miss.

anyhow, Eugene became a Commander in the

Navy and Frank became a Supreme Court Justice, State of

California and I fiddled with the

poem.

생울타리로 돌진, 아스팔트를 따라 갓돌을 넘어
모르는 집의 생소한 현관과 뒷마당으로 들어가 드잡이,
개들은 왈왈 짖고, 사람들은 우리에게 고함을 질렀다.
우리는
미친놈들마냥 절대 멈추지 않았고
피차 거르면 큰일 나는
저녁 먹으라는 소리가 들릴 때까지
계속 달렸다.

어쨌거나, 유진은 해군 사령관이 됐고
프랭크는 캘리포니아 주 대법관이 됐고
나는 시를 조물락거리게
됐다.

wearing the collar

I live with a lady and four cats
and some days we all get
along.

some days I have trouble with
one of the
cats.

other days I have trouble with
two of the
cats.

other days,
three.

some days I have trouble with
all four of the
cats

and the
lady:

목사리를 차고

나는 한 여자, 고양이 넷과 함께 살아.
어느 날은 우리 모두 잘
지내.

어느 날 나는
한 고양이와
투닥투닥해.

어느 날은
두 고양이와
투닥투닥.

어느 날은
셋과 그래.

어느 날은
네 고양이 모두와
투닥투닥

여자와도
투닥투닥

ten eyes looking at me

as if I was a dog.

그럴 땐 눈 다섯 쌍이
개 보듯 나를 쳐다봐.

I meet the famous poet

this poet had long been famous
and after some decades of
obscurity I
got lucky
and this poet appeared
interested
and asked me to his
beach apartment.
he was homosexual and I was
straight, and worse, a
lush.

I came by, looked
about and
declaimed (as if I didn't
know), "hey, where the
fuck are the
babes?"

he just smiled and stroked
his mustache.

유명한 시인을 만나다

그는 진작에 유명해진 시인이었고
나는 수십 년간
무명 생활을 거쳐
운이 트인 경우였는데
이 시인이
관심을 보이며
자신의 해변 아파트로
나를 초대했다.
그는 동성애자였지만 나는
이성애자인 데다, 설상가상,
술고래였다.

나는 그 집에 들러
두리번거리다가
으르렁거렸다 (마치
몰랐던 것처럼) "이봐,
씨펄,
아가씨들은 어딨어?"

그는 그냥 씩 웃더니 콧수염을
만지작거렸다.

he had little lettuces and
delicate cheeses and
other dainties
in his refrigerator.
"where you keep your fucking
beer, man?" I
asked.

it didn't matter, I had
brought my own
bottles and I began upon
them.

he began to look
alarmed: "I've heard about
your brutality, please
desist from
that!"

I flopped down on his
couch, belched,
laughed: "ah, shit, baby, I'm

그 집 냉장고에는
상추 조금과 맛 좋은 치즈
그 밖에 입맛 당기는 것들이
있었다.
"이런 씨부럴, 맥주는 어디
됐어, 형씨?" 내가
물었다.

어차피 내가 마실 병맥주를
가져온 터라
상관없었다.
나는 그것들을 마시기 시작했다.

그는 그제야 좀 놀라는 것
같았다 "당신의 만행은
익히 들어 알고 있으니, 제발
그런 짓은
그만둬요!"

나는 그의 소파에
주저앉아 트림을 하고는
웃음을 터뜨렸다 "이런, 썩을,

not gonna hurt ya! ha, ha,
ha!"

"you are a fine writer," he
said, "but as a person you are
utterly
despicable!"

"that's what I like about me
best, baby!" I
continued to pour them
down.

at once
he seemed to vanish behind
some sliding wooden
doors.

"hey, baby, come on
out! I ain't gonna do no
bad! we can sit around and
talk that dumb literary

안 잡아먹어, 자기야! 하, 하,
하!"

"당신은 훌륭한 작가요." 그는
말했다, "하지만 인간으로선
아주
개차반이야!"

"난 그 점이 젤로 마음에
드는데, 자기야!" 나는
술을 줄창
들이켰다.

어느새
그는 나무
미닫이문 뒤로
사라진 것 같았다.

"어이, 자기야, 이리
나와 봐! 해코지
안 할게! 둘러앉아서
허무맹랑한 문학 나부랭이 설이나

bullshit all night
long! I won't
brutalize you,
shit, I
promise!"

"I don't trust you,"
came the little
voice.

well, there was nothing to
do
but slug it down, I was
too drunk to drive
home.

when I awakened in the
morning he was standing over
me
smiling.

"uh," I said,

밤새
풀어 보자고!
안 괴롭혀,
썩을, 약속
할게!"

"당신 못 믿어."
가느다란 목소리가
흘러나왔다.

달리 할 것도
없고 해서
술만 들이켜다 보니
운전해 집에 가기에는
고주망태가 되어 버렸다.

정신이 들어 보니 아침이었고
그자가 서서
나를
웃는 얼굴로 굽어보고 있었다.

"어," 나는 말했다,

"hi…"

"did you mean what you
said last night?" he
asked.

"uh, what wuz
ut?"

"I slid the doors back and
stood there and you saw
me and you said that
I looked like I was riding the
prow of some great sea
ship… you said that
I looked like a
Norseman! is
that true?"

"안녕······"

"어젯밤에 한 말
진심이요?" 그가
물었다.

"어, 무스
마알?"

"내가 문을 다시 열고 나와
거기 서 있을 때 당신이
날 보고 그랬잖소
내가 엄청 큰 바다 배의 이물에
올라타고 있는 것
같다고······ 내가
노스맨*처럼
생겼다고! 그거
진심이요?"

---

* 8~11세기에 영국과 아일랜드, 유럽 여러 지방에 침입하여 식민지를
만들었던 고대 스칸디나비아인.

"oh, yeah, yeah, you
did…"

he fixed me some hot tea
with toast
and I got that
down.

"well," I said, "good to
have met
you…"

"I'm sure," he
answered.

the door closed behind
me
and I found the elevator
down
and
after some wandering about the
beach front

"아, 응, 응, 그렇게
보였소……"

그는 내게 뜨거운 차와
토스트를 만들어 주었고
나는 그걸
삼켰다.

"저기." 나는 말했다, "만나서
반가
웠어요……"

"물론이죠." 그가
대답했다.

문이 내 뒤에서
닫혔고
나는 엘리베이터를 찾아
내려와서
얼마간
해변을
어슬렁거리다

I found my car, got
in, drove off
on what appeared to be
favorable terms
between the famous poet and
myself

but
it wasn't
so:

he started writing un-
believably hateful stuff
about
me
and I
got my shots in at
him.

the whole matter
was just about
like

내 차를 찾아
올라타고 떠났는데
그 유명한 시인과
나 사이에는
우호적인 관계가
형성된 듯싶었지만

그게
그렇지가
않았다.

그는
나에 대해
믿을 수 없을 만큼
증오에 찬 글을 써 대기 시작했고
나도
그에게 대응사격을
퍼부었다.

크게 보자면
대부분의 작가들이
서로 만나면

most other writers

meeting

and

anyhow

that part about

calling him a

Norseman

wasn't true at

all: I called him

a

Viking

and it also

isn't true

that without his

aid

I never would have

appeared in the

Penguin Collection of

Modern Poets

along with him

이런 일들이
벌어진다.

어쨌거나
그를
노스맨으로
불렀다는
부분은
사실무근이다
나는 그를
바이킹이라고
불렀다.

또한
그의
도움이
없었다면
내가 절대
펭귄 현대 시인선에
그와 나란히
오르지 못했을 거라는 말도
사실이 아니다.

and who
was it?

yeah:
Lamantia.

근데 이게
누굴까요?

맞아요
라만티아.*

---

* 필립 라만티아(Philip Lamantia, 1927~2005), 꿈의 무의식 세계와 일상을
연결하며 황홀경과 공포감이 물씬한 관능적인 시를 쓴 미국 시인 필립
라만티아로 추정된다.

seize the day

foul fellow he was always wiping his nose on his
sleeve and also farting at regular
intervals, he was
uncombed
uncouth
unwanted.
his every third word was a crass
entrail
and he grinned through broken yellow
teeth
his breath stinking above the
wind
he continually dug into his crotch
left-
handed
and he always had a
dirty joke
at the ready,
a dunce of the lowest
order
a most most
avoided

기회를 잡아요

노상 소맷부리로 코를 닦고
수시로 방귀를 뀌어 대던
지저분한 놈.
머리를 빗은 적도 없고
예의도 없고
오라는 데도 없었다.
세 번째 단어에선
어김없이 말이 꼬이고
헤벌쭉 웃을 때면 깨진 누런
이빨 사이로
고약한 입냄새가
바람결에 실려 왔다.
줄창 사타구니를 긁어 대는
왼손
잡이,
언제든 발사 가능한
질펀한 농담을
장전한,
맨 밑바닥
하바리
천덕꾸러기 중의
천덕

man

until

he won the state
lottery.

now
you should see
him: always a young laughing lady on
each arm

he eats at the finest
places
the waiters fighting to get him
at their
table
he belches and farts away the
night
spilling his wineglass
picking up his steak with his
fingers

꾸러기.

그러던 그가

주 복권에
당첨되었다.

이제는 어디를 가나
깔깔대는 영계를
양팔에 하나씩 낀 그를
볼 수 있다.

그는 최고급 식당에서
밥을 먹고
웨이터들은 서로
그의 시중을 들겠다고
난리를 친다.
밤새
그가 트림을 하고 방귀를 뀌고
와인 잔을 엎고
손가락으로
스테이크를 집어먹는 동안

while

his ladies call him

"original" and "the funniest

man I ever met."

and what they do to him

in bed

is a damned

shame.

what we have to keep

remembering, though, is that

50% of the state lottery is given to the

Educational System and

that's important

when you realize that

only one person in

nine

can properly spell

"emulously."

그의 여자들은 그를
"독창적"이라느니 "세상에 둘도 없는
재미있는 남자"라느니 하고
침대에선
그에게
낯 뜨거운 짓거리를
잘도 한다.

그럼에도 우리가
기억해야 할 것은
주 복권 수익의 50%가
교육제도에 배정된다는 점인데
아홉 명 중
한 명만이
'emulously'*의 철자를
제대로 쓴다니
복권 수익 배정은
중요하다 이겁니다.

---

* '강한 경쟁심으로'라는 뜻.

over done

he had somehow located me again — he was on the
    telephone — talking
about the old days —
wonder whatever happened to Michael or Ken or
Julie Anne? —
and remember…?

— then
there were his present problems —

— he was a talker — he had always been a
talker —

and I had been a
listener

I had listened because I hadn't wanted to
hurt him
by telling him to shut up
like the others
did
in the old

너무 익었어

그놈이 어찌 내 번호를 또 알아냈는지
전화를 해서는
예전 이야기를 늘어놓았다.
마이클, 켄, 줄리 앤은
어떻게 됐을까?
근데 기억나……?

그러더니
놈의 현재 고민들이 등장했다

놈은 떠버리였고 ── 언제나
떠버리였다 ──

나는 얘기를 들어 주는
편이었다.

내가 얘기를 들어 준 이유는
옛날에
다른 사람들이
그랬듯
닥치라는 말로
놈에게 상처를

days

now
he was back

and
I held the phone out
at arm's length
and could still hear the
sound ——

I handed the phone to my girlfriend and
she listened for a
while ——

finally
I took the phone and told him ——

hey, man, we've got to stop, the meat's burning
in the oven!

he said, o.k., man, I'll call you

주고 싶지 않아서였다.

그놈이
돌아온 것이다.

전화기 쥔
팔을 저리
쭉 뻗었는데도
그 목소리가
들렸다

나는 전화기를 여친에게 건네주었고
잠시
여친이 듣고 있었다

결국
나는 전화기를 받아들고 그놈에게 말했다.

저기, 그만 끊어야겠어, 고기가 타고 있거든
오븐 안에서!

그놈이 말했다, 그래, 내가 다시

back ——

(one thing I remembered about my
old buddy: he was good for his
word)

I put the phone back on the
receiver ——

—— we don't have any meat in the
oven, said my
girlfriend ——

—— yes, we do, I told her,
it's
me.

전화할게 ―

(기억나는 옛 친구에 대한 사실
하나: 이놈은 한다면 하는
놈이었다)

나는 수화기를
내려놓았다

오븐 안에 고기
없잖아, 하고 여친이
말했다

아냐, 있어, 하고 나는 말했다,
나
있잖아.

forget it

now, listen, when I die I don't want any crying, just get the
disposal under way, I've had a full some life, and
if anybody has had an edge, I've
had it, I've lived 7 or 8 lives in one, enough for
anybody.
we are all, finally, the same, so no speeches, please,
unless you want to say he played the horses and was very
good at that.

you're next and I already know something you don't,
maybe.

잊어버려

자, 들어 봐, 난 내가 죽을 때 누가 우는 거 별로야, 그냥
처분 절차나 밟아, 난 한세상 잘 살았어, 혹여
한가락 하는 인간이 있었다고 해도, 나한텐
못 당해, 난 예닐곱 명분의 인생을 살았거든, 누구에게도
뒤지지 않아.
우리는, 결국, 모두 똑같아, 그러니 추도사는 하지 마, 제발,
정 하고 싶으면 그는 경마 도박을 했고
대단한 꾼이었다고만 해 줘.

다음 차례는 당신이야, 당신이 모르는 걸 내가 알고 있거든,
그럴 수도 있단 얘기야.

whorehouse

my first experience in a whorehouse
was in Tijuana.
It was a large place on the edge of
the city.
I was 17, with two friends.
we got drunk to get our guts
up
then went on
in.
the place was packed with
servicemen
mostly
sailors.
the sailors stood in long
lines
hollering, and beating on
the doors.

Lance got in a short

사창굴

내가 처음 사창굴을 경험한 것은
티후아나°에서였다.
그것은 그 도시의
변두리에 위치한 커다란 집이었다.
나는 열일곱 살이었고 친구 놈 둘과 함께였다.
우리는 용기를 끌어내려고
술을 퍼마시고는
진격해
안으로 들어갔다.
군인들
대부분
선원들로
북새통이었는데
선원들이 여기저기 길게
늘어서서
고함을 지르고 문을 팡팡
두드렸다.

랜스는 짧은

° 멕시코 북서부의 관광도시로 미국의 샌디에이고와 접하고 태평양에
면하고 있다.

line (the lines indicated the
age of the whore: the shorter the
line the older the
whore)
and got it over
with, came out bold and
grinning: "well, what you guys
waiting for?"

the other guy, Jack, he passed me
the tequila bottle and I took a
hit and passed it back and he
took a hit.
Lance looked at us: "I'll be
in the car, sleeping it
off."

Jack and I waited until he was
gone
then started walking toward the
exit.
Jack was wearing this big

줄에 섰다가 (각 줄은
창녀의 나이를 나타냈고
줄이 짧을수록 더 늙은
창녀였다)
후딱 일을 치르고는
벙긋 웃는 얼굴로
당당히 나왔다. "짜식들,
뭘 꾸물거리냐?"

다른 친구 놈 잭이 내게
테킬라 병을 건넸고 내가
한 모금 들이켠 뒤 돌려주자
녀석은 한 모금 들이켰다.
랜스가 우리를 쳐다보았다
"난 차에 가서
눈 좀 붙일게."

잭과 나는 녀석이 갈 때까지
기다리다가
출구 쪽으로
가기 시작했다.
잭은 이만큼 큼직한

sombrero

and right at the exit was an

old whore sitting in a

chair.

she stuck out her leg

barring our

way: "come on, boys, I'll make

it *good* for you and

cheap!"

somehow that scared the

shit out of Jack and he

said, "my god, I'm going to

PUKE!"

"NOT ON THE FLOOR!" screamed

the whore

and with that

Jack ripped off his

sombrero

and holding it

솜브레로*를 쓰고 있었고
출구 바로 옆에는
늙은 창녀 하나가
의자에 앉아 있었다.
창녀가 다리를 쭉 뻗어
우리 길을 막았다.
"이봐, 총각들,
내가 **잘해 줄게**,
싸게!"

그러자 잭 녀석이
겁을 집어먹고는
말했다, "읍, 나
토할 거 같아!"

"바닥에 **토하지 마!**" 하고
창녀가 소리치자
잭은 할 수 없이
솜브레로를
부리나케 벗어

_____

• 챙이 넓은 멕시코 전통 모자

before him
he must have puked a
gallon.

then he just stood there
staring down
at it
and the whore
said, "get out of
here!"

Jack ran out the door with
his sombrero
and then the whore
got a very kind look upon her
face and said to me:
"*cheap!*" and I walked
into a room with her
and there was a big fat man
sitting in a chair and
I asked her, "who's
that?"

앞에 들고
아마 삼사 리터는
토했을 것이다.

그러고 나서 녀석이 거기 서서
그걸
물끄러미 내려다보자
창녀가 말했다,
"밖으로
나가!"

잭이 솜브레로를 들고
문밖으로 달려나간 뒤
창녀는
엄청 살가운 표정을
끌어내더니 내게 말했다.
"싸게 해 줄게!" 그래서 나는
그녀랑 같이 어느 방으로 들어갔다.
거기에는 덩치 큰 뚱보가
의자에 앉아 있었다.
나는 그녀에게 물었다. "누구예요,
저 사람?"

and she said, "he's here to
see that I don't get
hurt."

and I walked over to the
man and said, "hey, how ya
doin'?"

and he said, "fine,
señor…"

and I said,
"you live around
here?"

and he said, "give
her the
money."

"how much?"
"two dollars."

그녀가 말했다, "내가
다치지 않게
지키는 사람."

나는 그 남자에게
다가가 말했다, "어이, 안녕
하쇼?"

그러자 그가 말했다, "예,
세뇨르……"

내가 말했다,
"이 근처에
사시나?"

그가 말했다, "여자한테
돈이나
줘요."

"얼만데요?"
"2달러."

I gave the lady the two
dollars
then walked back to the
man.

"I might come and live
in Mexico some day," I
told him.

"get the hell out of
here," he said,
"NOW!"

as I walked through the
exit
Jack was waiting out there
Without his
sombrero
but he was still
wavering
drunk.

나는 여자에게
2달러를 주고는
남자에게
돌아갔다.

"언제 멕시코에
와서 살까 봐요,"
내가 그에게 말했다.

"야, 너 그냥
나가라." 그가 말했다,
"당장!"

출구
밖으로 나가 보니
잭이 기다리고 있었다.
그 솜브레로는
간데없었지만
녀석은 여전히
술에 취해
비틀거렸다.

"Christ," I said, "she was
great, she actually got my
balls into her
mouth!"

we walked back to the car.
Lance was passed out, we
awakened him and he drove us
out of
there
somehow
we got through the border
crossing

and all the way
driving back to
L. A.

we rode Jack for being a
chickenshit
virgin.
Lance did it in a gentle

"후우," 나는 말했다, "대단한
여자였어, 글쎄
내 불알을
입에 넣더라니까!"

우리는 차로 돌아가서
뻗어 있는 랜스를 깨웠고
랜스는 우리를 태우고
그곳을
벗어났다.
얼마간
우리는 국경을 통과해
가로지른 다음

엘에이를 향해
줄창
내달렸다.

우리는 잭을
겁쟁이 숫처녀 새끼라며
지분거렸다.
랜스는 살살

manner

but I was loud

demeaning Jack for his lack of

guts

and I kept at it

until Jack passed out

near

San Clemente.

I sat up there next to

Lance as we passed the last

tequila bottle back and

forth.

as Los Angeles rushed toward

us

Jack asked, "how was

it?"

and I answered

in a wordly

tone: "I've had

better."

놀렸지만
나는 큰소리로
배짱도 없는 놈이라며
잭을 깎아내렸고
산클레멘테*
근처에서
잭이 뻗을 때까지
계속 쪼아 댔다.

나는 랜스 옆에
앉아 있었고 우리는
마지막 테킬라 병을
주거니 받거니 했다.

로스앤젤레스가
우리를 향해 돌진해 올 때쯤
잭이 물었다,
"어땠냐?"
나는 노련한 사내의
말투로 대답했다, "예전만 못했어."

---

* 미국 캘리포니아 주 오렌지 카운티에 위치한 도시.

invasion

I didn't know that
there was anything
in the closet
although some nights
my sleep would be
interrupted by strange
rumblings
but
I always thought
these to be
minor
quakes.

the closet was
the one
down the hall
and
was seldom
used.

the curious thing
for me

침입

벽장 안에
뭐가 있는 줄은
까맣게 몰랐어
간혹 밤중에
부스럭대는
이상한 소리에
뒤척였지만
그저
경미한
지진이겠거니
늘상 그렇게만
생각했었지.

그 벽장은
복도 저편에
있는 거라서
거의
사용하지
않고 있었어.

신기한
일은

was that

the cats

(I had 4 of

them)

appeared to be

leaving

large

droppings

about

(and

they were

house-broken).

then

the cats

vanished

one by

one

but the fresh

droppings

kept

appearing.

고양이들이
(나는 고양이를
네 마리 기르고 있었어)
자꾸만
커다란
똥을
여기저기에
누는 것
같더란 말이지.
(배변 훈련이
된
아이들이었는데)

그러고 나서
고양이들이
사라졌어
한 마리씩
한 마리씩.
그런데 따끈따끈한
똥은
계속
생겨나더군.

it was one night
while I was
reading the
stock market
quotations
that I
looked up

and
there stood
the
lion
in the bedroom
doorway.

I was
in bed
propped up
with a
couple of
pillows

그러던 어느 밤
주식난의
주가를
읽다가
문득
고개를
들어 보니

거기에
침실
문간에
그
사자가
있었어.

나는
베개
두 개를
받치고
침대에
누워서

and drinking a

hot

chocolate.

now

nobody

can believe

a lion

in a

bedroom —

at least

not

in a city

of any

size.

so

I just kept

looking at the

lion

and not

quite

초콜릿차를
마시고
있었어.

요즘 세상에
사자가
침실
안에
있다고 하면
어느 누가
믿겠어
크든 작든
적어도
도시 안에서는
말이 안 되잖아.

그래서
그냥 계속
그 사자를
쳐다만 봤는데
영
믿기지가

believing.

then
it turned and
walked down the
stairway.

I
followed it —
a good
18 feet
behind —
clutching my
baseball bat
in one
hand
and my
4-inch knife
in the
other.

I watched the

않더라고.

그런데
그게 돌아서더니
계단을
걸어 내려갔어.

따라갔지 ─
족히
오륙 미터쯤
뒤에
떨어져서 ─
한
손에는
야구방망이를
다른
손에는
10센티짜리
칼을
움켜쥐고.

지켜보니까

lion
go down the
stairway
then walk
across the front
room

it paused
before the large
plate glass
sliding
doors
which faced the
yard and the
street.

they were
closed.

the lion
emitted an
impatient

사자는
계단을
내려가
앞방을
가로질러
걸어가더니

마당과
거리에
면한
커다란
판유리
미닫이문
앞에
멈춰 섰어.

문은
닫혀 있었어.

사자는
못 참겠다는 듯
한 번

growl

and
leaped through the
glass

crashing through
into the
night.

I sat
on the couch
in the
dark
still unable
to believe
what
I had
seen.

then
I heard

크르릉 하더니

유리를
향해
펄쩍 달려들어

와장창 문을 부수며
밤 속으로
뛰쳐나갔어.

나는
소파 위
어둠 속에
앉아 있었는데
내가
본 것을
도저히
믿을 수가
없더라고.

그러고 나서
고통과

a scream

of such utter

agony and

terror

that

for a

moment

I could

neither

see

breathe nor

comprehend.

I rose,

turned to

barricade myself

in the

bedroom

only to see

3 small

lion cubs

trundling

공포에 찬
비명 소리가
들리는 바람에
잠시
앞을
볼 수도
숨을
쉴 수도
없었고
이해도
안 됐어.

침실
안으로
피신하려고
일어서서
돌아섰을 때
작은
새끼 사자
세 마리가
계단을
우당탕

down
the stairway —
cute
devilish
felines

as the
mother
returned
through the
night and the
shattered glass
door

half dragging
half carrying
a bloodied
man
across the
rug
leaving a
red

내려오는 게
보였어
귀엽고
사악한
괭이들이.

그때
어미가
밤과
산산조각 난
유리문을
뚫고
돌아왔는데

피투성이
남자를
반쯤 끌고
반쯤 나르면서
깔개
위에
빨간
줄을

trail

the cubs
rushed
forward
and the
moon
came through
to light
the
whirling
feast.

남겼어.

새끼들은
앞으로
돌진했고
집 안에
드리운
달빛이
그
아찔한
잔치를
비춰 주더군.

보호막도 겉치장도 없는 자연스러움

황소연

찰스 부코스키와 친분이 있던 한 편집자는 이 희대의 시인을
'열정이 가득한 미치광이'라고 불렀다. 그만큼 부코스키는 마음이
이끄는 대로 열정적인 삶을 살다가 떠난 사람이다. 부코스키는
일찍이 작가가 되고자 결심했지만 오랫동안 뜻을 이루지
못하다가 조금씩 발표한 작품들이 입소문을 타면서 늦게 진가를
인정받아 거장의 반열에 오른 경우다. 마흔아홉 살에 전업 작가가
되기까지 떠돌이, 하급 노동자를 전전하며 여러 출판사에 꾸준히
문을 두드렸지만 숱하게 거절을 맛보아야 했다.

그의 굴곡진 인생에서 술과 여자, 경마는 탈출구이자 덫이었고
삶 자체였다. 그는 책이 아니라 몸소 부딪친 세상에서 인생을
배웠고 그것을 바탕으로 시와 소설을 썼다. 그리고 책상물림들을
경멸했다. ('열정이 가득한 미치광이'와 책상물림이 만났을
때 벌어지는 해프닝은 「유명한 시인을 만나다」에서 확인할 수
있다.) 노동, 술, 섹스, 도박, 음악으로 점철된 노동자의 삶에서
부코스키의 분신 헨리 치나스키는 태어났다.

부코스키의 시와 소설은 현대 도시인(특히 중하층민)의
삶을 리얼하게 그려 낸다는 점에서 보편성을 확보한다. 찰스
부코스키의 스타일은, 시인 본인의 말대로, 어떤 보호막도
겉치장도 없는 궁극의 자연스러움이라 할 수 있다. 특히 개성과
품격을 동시에 갖춘 그의 시는 독보적인 위상을 차지하고 있다.

부코스키 시의 두드러진 특징은 강력한 서사성이다. 그의
시는 운율보다는 서사에 기반을 둔 자유시인데, 술집이나 저급
호텔, 경마장, 애인을 소재로 한 일화가 주를 이룬다. 아주 짧은

엽편소설이나 콩트로 봐도 좋고, 동네 아저씨에게 듣는 기담 정도로 가볍게 읽어도 좋다. 서사성은 강하지만 뚝뚝 잘려 세로로 길게 이어지는 문장 덕에 속도감과 간결한 맛이 있다. 평론가 애덤 커시는 《뉴요커》에서 "부코스키의 시는 한 편 한 편 개별적으로 감상하기보다는 만화책이나 시리즈를 즐기듯 그의 진실한 모험담을 연속적으로 음미하는 것이 가장 좋다."라고 권했다.

그의 시가 가진 이중성 또한 주목할 만하다. 허세와 수줍음, 염세와 동료애, 저속함과 섬세함이 뒤섞여 있기 때문이다. 싸구려 감성과 세련미가 절묘하게 공존한다.

부코스키의 시 저변에 깔린 정서 중에서 두드러진 것은 권위에 대한 도전과 저항이다. 아버지에 대한 부코스키의 반감은 잘 알려진 사실인데, 어린 시절 아버지와 벌인 기싸움은 시인의 정신세계에 큰 영향을 끼쳤음이 분명하다. 「야망 없이 살자는 야망」에서 아버지는 아들에게 훈계질을 하고 아들은 그런 아버지를 '이 개새끼(this son-of-a-bitch)'라고 일축한다. '청년들이여 야망을 가져라.'라는 격언이 무색할 정도로 야망 없이 살겠다는 화자의 다짐은 우리들의 몸부림을 보는 것 같아 웃기고도 슬프다.

부코스키의 시는 예리하고, 생생하고, 강렬하고, 통렬하고, 씁쓸하고, 때로는 냉혹하고 때로는 따뜻하다. 그리고 무엇보다 재밌다. 얼핏 대충 지어낸 기행 같기도 하고 술집에서 만난 주정뱅이의 허풍 같기도 하지만, 한 편 두 편 읽다 보면 어느새 이 매력적인 실존주의자가 친구처럼 마음 한구석에 자리 잡게 된다.

부코스키의 각별한 친구였던 작가 존 윌리엄 코링턴은 "부코스키의 세계는 비정함으로 얼룩진 산업사회일 뿐이어서 심사숙고와 분석이 근본적으로 무의미하다."라고 말했다. 시인의 무덤에 새겨진 비문 'Don't Try.(애쓰지 마라.)'를 떠올리면서 한 이야기꾼의 이야기를 듣는 듯 즐기는 것도 부코스키의 시를 만나는 한 방법일 것이다.

Photo © Michael Montfort

"내가 계속 글을 쓰는 건 내가 아주 잘한다는 생각이 있어서가
아니라, 다른 사람들이 너무 못한다는 기분이 들어서이다.
셰익스피어 포함 모두가."

세계시인선 16   위대한 작가가 되는 법

1판 1쇄 펴냄 2016년 9월 10일
1판 6쇄 펴냄 2024년 11월 20일

지은이   찰스 부코스키
옮긴이   황소연
발행인   박근섭, 박상준
펴낸곳   **(주)민음사**

출판등록   1966. 5. 19. (제16-490호)
주소   서울시 강남구 도산대로1길 62
           강남출판문화센터 5층 (06027)
대표전화   02-515-2000   팩시밀리 02-515-2007

www.minumsa.com

한국어 판 ⓒ (주)민음사, 2016. Printed in Seoul, Korea

ISBN 978-89-374-7516-0 (04800)
       978-89-374-7500-9 (세트)

1	카르페 디엠	호라티우스 l 김남우 옮김
2	소박함의 지혜	호라티우스 l 김남우 옮김
3	욥의 노래	김동훈 옮김
4	유언의 노래	프랑수아 비용 l 김준현 옮김
5	꽃잎	김수영 l 이영준 엮음
6	애너벨 리	에드거 앨런 포 l 김경주 옮김
7	악의 꽃	샤를 보들레르 l 황현산 옮김
8	지옥에서 보낸 한철	아르튀르 랭보 l 김현 옮김
9	목신의 오후	스테판 말라르메 l 김화영 옮김
10	별 헤는 밤	윤동주 l 이남호 엮음
11	고독은 잴 수 없는 것	에밀리 디킨슨 l 강은교 옮김
12	사랑은 지옥에서 온 개	찰스 부코스키 l 황소연 옮김
13	검은 토요일에 부르는 노래	베르톨트 브레히트 l 박찬일 옮김
14	거물들의 춤	어니스트 헤밍웨이 l 황소연 옮김
15	사슴	백석 l 안도현 엮음
16	위대한 작가가 되는 법	찰스 부코스키 l 황소연 옮김
17	황무지	T. S. 엘리엇 l 황동규 옮김
19	사랑받지 못한 사내의 노래	기욤 아폴리네르 l 황현산 옮김
20	향수	정지용 l 유종호 엮음
21	하늘의 무지개를 볼 때마다	윌리엄 워즈워스 l 유종호 옮김
22	겨울 나그네	빌헬름 뮐러 l 김재혁 옮김
23	나의 사랑은 오늘 밤 소녀 같다	D. H. 로렌스 l 정종화 옮김
24	시는 내가 홀로 있는 방식	페르난두 페소아 l 김한민 옮김
25	초콜릿 이상의 형이상학은 없어	페르난두 페소아 l 김한민 옮김
26	알 수 없는 여인에게	로베르 데스노스 l 조재룡 옮김
27	절망이 벤치에 앉아 있다	자크 프레베르 l 김화영 옮김
28	밤엔 더 용감하지	앤 섹스턴 l 정은귀 옮김
29	고대 그리스 서정시	아르킬로코스, 사포 외 l 김남우 옮김
30	셰익스피어 소네트	윌리엄 셰익스피어 l 피천득 옮김

31	착하게 살아온 나날	조지 고든 바이런 외 l 피천득 엮음
32	예언자	칼릴 지브란 l 황유원 옮김
33	서정시를 쓰기 힘든 시대	베르톨트 브레히트 l 박찬일 옮김
34	사랑은 죽음보다 더 강하다	이반 투르게네프 l 조주관 옮김
35	바쇼의 하이쿠	마쓰오 바쇼 l 유옥희 옮김
36	네 가슴속의 양을 찢어라	프리드리히 니체 l 김재혁 옮김
37	공통 언어를 향한 꿈	에이드리언 리치 l 허현숙 옮김
38	너를 닫을 때 나는 삶을 연다	파블로 네루다 l 김현균 옮김
39	호라티우스의 시학	호라티우스 l 김남우 옮김
40	나는 장난감 신부와 결혼한다	이상 l 박상순 옮기고 해설
41	상상력에게	에밀리 브론테 l 허현숙 옮김
42	너의 낯섦은 나의 낯섦	아도니스 l 김능우 옮김
43	시간의 빛깔을 한 몽상	마르셀 프루스트 l 이건수 옮김
44	작가	호르헤 루이스 보르헤스 l 우석균 옮김
45	끝까지 살아 있는 존재	보리스 파스테르나크 l 최종술 옮김
46	푸른 순간, 검은 예감	게오르크 트라클 l 김재혁 옮김
47	베오울프	셰이머스 히니 l 허현숙 옮김
48	망할 놈의 예술을 한답시고	찰스 부코스키 l 황소연 옮김
49	창작 수업	찰스 부코스키 l 황소연 옮김
50	고블린 도깨비 시장	크리스티나 로세티 l 정은귀 옮김
51	떡갈나무와 개	레몽 크노 l 조재룡 옮김
52	조금밖에 죽지 않은 오후	세사르 바예호 l 김현균 옮김
53	꽃의 연약함이 공간을 관통한다	윌리엄 칼로스 윌리엄스 l 정은귀 옮김
54	패터슨	윌리엄 칼로스 윌리엄스 l 정은귀 옮김
55	진짜 이야기	마거릿 애트우드 l 허현숙 옮김
56	해변의 묘지	폴 발레리 l 김현 옮김
57	차일드 해럴드의 순례	조지 고든 바이런 l 황동규 옮김
58	우리가 길이라 부르는 망설임	프란츠 카프카 l 편영수 옮김
60	두이노의 비가	라이너 마리아 릴케 l 김재혁 옮김